Analyse de l'œuvre

Par Tram-Bach Graulich
et Célia Ramain

Notre-Dame de Paris

de Victor Hugo

Rendez-vous sur lepetitlitteraire.fr et découvrez :

Plus de 1200 analyses
Claires et synthétiques
Téléchargeables en 30 secondes
À imprimer chez soi

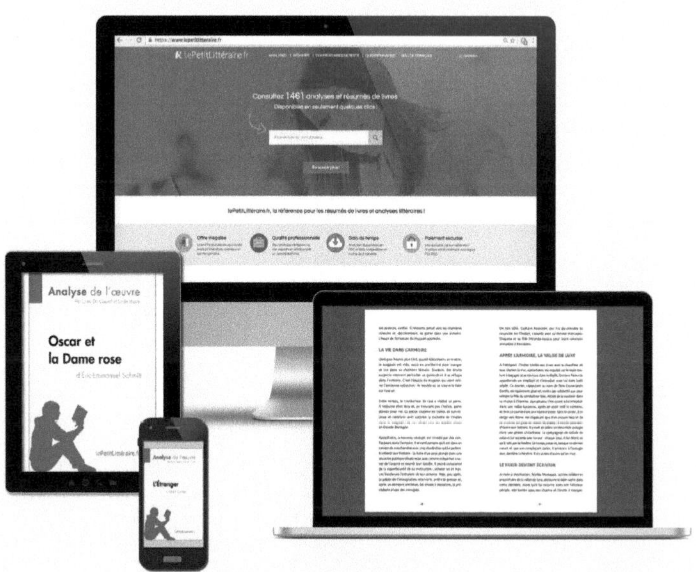

VICTOR HUGO

POÈTE, DRAMATURGE, ROMANCIER ET HOMME POLITIQUE FRANÇAIS

- **Né en 1802 à Besançon (Bourgogne-Franche-Comté)**
- **Décédé en 1885 à Paris**
- **Quelques-unes de ses œuvres :**
  - *Hernani* (1830), pièce de théâtre
  - *Les Contemplations* (1856), recueil de poèmes
  - *Les Misérables* (1862), roman

Poète, romancier, dramaturge et homme politique, Victor Hugo est l'écrivain emblématique du romantisme français. Chef de file des romantiques, il a également mené une vie politiquement engagée, intervenant en faveur de grandes causes comme l'abolition de la peine de mort, l'instauration du suffrage universel ou la défense de la liberté de la presse.

Durant le Second Empire (1852-1870), il fut contraint à l'exil vers l'archipel Anglo-Normand, d'abord à Jersey (1852-1855), puis à Guernesey

(1855-1870), où il écrivit notamment *Les Misérables*.

À sa mort, en 1885, la République française lui organisa des obsèques nationales grandioses, et il fut célébré par le peuple comme le plus grand écrivain français.

NOTRE-DAME DE PARIS

UNE HISTOIRE DEVENUE MYTHIQUE

- **Genre :** roman
- **Édition de référence :** *Notre-Dame de Paris*, Paris, Le Livre de Poche, coll. « Les Classiques de Poche », 1988, 733 p.
- **1re édition :** 1831
- **Thématiques :** histoire, fatalité, mythe, amour, tentation

Notre-Dame de Paris raconte l'histoire, au XVe siècle, de la bohémienne Esmeralda, dont tombent amoureux l'archidiacre Claude Frollo, le capitaine Phœbus et Quasimodo, le bossu de la cathédrale. À l'intrigue se mêle également une réflexion philosophique sur l'histoire et sur l'évolution de l'architecture.

Malgré les critiques de Prosper Mérimée (écrivain français, 1803-1870) et de Stendhal (écrivain français, 1783-1842), qui jugent son style trop mélodramatique, *Notre-Dame de Paris* fut immédiatement un succès populaire et demeure aujourd'hui l'un des chefs-d'œuvre de Victor Hugo et de la littérature française en général.

RÉSUMÉ

PRÉFACE DE L'AUTEUR

En se promenant dans la cathédrale Notre-Dame, l'auteur est tombé sur l'inscription « *ANÁIKH* » (« Fatalité » en grec), qui lui a inspiré ce roman : « C'est sur ce mot qu'on a fait ce livre. » (p. 54)

LIVRE I

Le 6 janvier 1482, à Paris, le jour de la fête des Fous, on exécute dans la grand-salle du palais de justice une pièce de théâtre du poète et dramaturge Pierre Gringoire (1475-1539). Celle-ci est rapidement délaissée par la foule au profit d'un spectacle plus réjouissant : un concours de grimaces à l'issue duquel doit être élu le pape des fous. Celui-ci sera Quasimodo, le sonneur de cloches de Notre-Dame, parce que « la grimace était son visage » (p. 119).

LIVRE II

La nuit, dans les rues de Paris, Claude Frollo,

l'archidiacre de Notre-Dame, tente d'enlever la bohémienne Esmeralda – dont il est amoureux – avec la complicité de Quasimodo, qu'il a lui-même élevé et qui est sous son emprise. Le capitaine Phœbus de Châteaupers les en empêche, sauve la jeune femme et emmène Quasimodo pour qu'il soit jugé. Frollo s'enfuit sans être vu.

Cherchant un endroit où dormir, le poète Gringoire arrive dans la Cour des Miracles, le repaire des brigands de Paris. Il y sera pendu à moins qu'une femme ne veuille bien l'épouser. Esmeralda le prend pour mari, le sauvant ainsi de la mort.

LIVRE III

À travers ce chapitre, Victor Hugo tente de faire comprendre au lecteur contemporain la majesté de l'édifice au XVe siècle. Dans un premier temps, il célèbre l'homme et sa capacité à créer :

> « [Notre-Dame est l']œuvre colossale d'un homme et d'un peuple, tout ensemble une et complexe comme les Iliades et les Romanceros dont elle est sœur ; produit prodigieux de la cotisation de toutes les forces d'une époque, où sur chaque pierre on voit saillir en cent façons

Pourtant ce portrait laudatif est écorné lorsque Victor Hugo met aussi en avant la capacité de l'homme à détruire ce qu'il a pourtant créé :

LIVRE IV

Ce livre traite d'abord des origines de Quasimodo. Celui-ci est un enfant trouvé dont personne n'a voulu en raison de sa monstruosité. Claude Frollo l'a cependant adopté par compassion et, depuis lors, Quasimodo a toujours vécu dans la cathédrale Notre-Dame, où les cloches l'ont rendu sourd, tandis que sa laideur et son isolement l'ont rendu méchant.

Quant à Claude Frollo, il a consacré toute sa jeunesse à la science et à la religion. À la mort de ses parents, il a pris soin de son petit-frère, Jehan, et a adopté Quasimodo. À cause de son air savant et morose, il effraie et a mauvaise réputation. Ainsi, « Quasimodo passait pour le démon, Claude Frollo pour le sorcier » (p. 262).

LIVRE V

Dans cette autre digression, Hugo insiste sur l'importance accordée à l'architecture pendant des siècles, et ce quelle que soit la civilisation. L'architecture était en effet la forme artistique privilégiée pour exprimer une pensée sociétale ou religieuse. Mais ce formidable outil d'expression fut détrôné par le livre :

> « Sous la forme imprimerie, la pensée est plus impérissable que jamais ; elle est volatile, insaisissable, indestructible. Elle se mêle à l'air. Du temps de l'architecture, elle se faisait

montagne et s'emparait puissamment d'un siècle et d'un lieu. Maintenant elle se fait troupe d'oiseaux, s'éparpille aux quatre vents, et occupe à la fois tous les points de l'air et de l'espace. » (Gallimard, p. 246)

Hugo, homme de lettres et artiste à ses heures perdues, ne peut que défendre le livre en tant qu'il est un vecteur de savoir collectif, sans pour autant dénigrer l'architecture : « Il faut admirer et refeuilleter sans cesse le livre écrit par l'architecture ; mais il ne faut pas nier la grandeur de l'édifice qu'élève à son tour l'imprimerie. » (*ibid.*, p. 252)

LIVRE VI

Pour avoir tenté d'enlever Esmeralda, Quasimodo est flagellé sur une roue tournante, au centre de la place de Grève. En proie à une intense souffrance, il réclame à boire. Esmeralda s'approche de lui et lui donne de l'eau. Quasimodo est charmé par la beauté de la bohémienne.

LIVRE VII

Le capitaine Phœbus est fiancé à sa cousine, Fleur-de-Lys, mais, en homme à femmes qu'il est, sa cousine le lasse déjà, tandis qu'Esmeralda ne cesse de l'intriguer. Celle-ci, entretemps, est d'ailleurs tombée follement amoureuse de lui.

Pendant ce temps-là, Frollo, l'archidiacre, se découvre lui aussi une passion violente pour Esmeralda. Une nuit, il aperçoit Phœbus, qui a rendez-vous avec la bohémienne. Il le suit et assiste à une déclaration d'amour entre les deux jeunes gens – bien que celle de Phœbus ne soit pas tout à fait sincère. Fou de jalousie, Frollo poignarde le capitaine avant de s'enfuir. Esmeralda s'évanouit.

LIVRE VIII

Esmeralda est arrêtée, jugée et, après avoir été soumise à la « question » (c'est-à-dire torturée), condamnée pour sorcellerie et tentative de meurtre. Elle devra faire amende honorable devant la cathédrale avant d'être pendue. Entretemps, Phœbus, guéri, s'en est retourné chez Fleur-de-Lys en abandonnant Esmeralda à son sort.

Frollo rend visite à Esmeralda en prison et lui fait des avances, mais celle-ci le repousse. Elle préfère encore la mort. Devant le parvis de Notre-Dame, Quasimodo surgit de nulle part et emporte Esmeralda dans la cathédrale en criant : « Asile ! » (*ibid.*, p. 448)

LIVRE IX

Quasimodo est tombé amoureux d'Esmeralda. Il prend soin d'elle et lui fournit tout ce dont elle a besoin. Celle-ci a de la reconnaissance pour lui, mais ne peut s'empêcher de détourner le regard devant son visage, tellement celui-ci est laid. Quasimodo s'en trouve très attristé, d'autant plus qu'il se rend compte que la bohémienne aime toujours Phœbus.

Un soir, Frollo s'immisce dans la cachette d'Esmeralda et tente de la violer, mais Quasimodo le chasse. Le père et le fils adoptif sont désormais rivaux.

LIVRE X

Gringoire est devenu l'ami des truands et apprécie sa nouvelle vie. Les brigands décident d'assiéger Notre-Dame pour récupérer leur amie, Esmeralda. Pour certains, cela n'est qu'un prétexte pour piller. Quasimodo défend sa cathédrale en projetant des pierres du haut des tours. Il tue alors Jehan, le petit frère de Frollo. Le roi Louis XI (1423-1483), au courant de l'émeute, envoie ses troupes pour protéger Notre-Dame.

LIVRE XI

Frollo enlève Esmeralda, qu'il emmène en bateau le long de la Seine. Il lui propose une dernière fois son marché odieux : qu'elle choisisse entre lui ou le gibet. Elle préfère encore le gibet. Frollo la confie alors à une vieille femme – « la sachette » – recluse dans le trou aux rats de la place de Grève, en attendant la venue des troupes du roi. Mais cette dernière s'avère être la mère d'Esmeralda ! Les retrouvailles sont cependant de courte durée, car les soldats arrivent, tuent la vieille femme et pendent Esmeralda.

Frollo ricane : il a assisté à la pendaison depuis les tours de Notre-Dame. Quasimodo, désespéré, pousse son maitre, qui s'écrase sur le parvis, avant de s'écrier, en regardant le corps d'Esmeralda et celui de l'archidiacre : « Oh ! tout ce que j'ai aimé. » (p. 674)

Des années plus tard, dans le charnier de Montfaucon, on découvre le squelette de Quasimodo enlacé à celui d'Esmeralda. Lorsqu'on les détache, celui de Quasimodo tombe en poussière.

ÉTUDE DES PERSONNAGES

QUASIMODO

Quasimodo est le sonneur de cloches de Notre-Dame. Son nom serait un synonyme de *grosso modo*, ce qui, en latin, signifie « à peu près ». En effet, par sa difformité, Quasimodo n'est qu'un « à peu près » d'humanité (p. 244).

« Bossu, borgne, boiteux » (p. 514), sa laideur n'a éveillé que la haine tout autour de lui, et cela l'a rendu méchant. L'hostilité de Quasimodo n'est donc pas innée : c'est à force d'essuyer les moqueries des Parisiens qu'il a fini par nourrir envers tout le genre humain une méfiance profonde. Sa méchanceté est donc la conséquence de celle des autres.

S'il est profondément solitaire, le bossu de Notre-Dame est lié à la cathédrale dans un rapport quasi fusionnel : « Il y avait une sorte d'harmonie mystérieuse et préexistante entre cette créature et cet édifice » (p. 245) ; « Son corps semblait s'être façonné selon la cathédrale » (p. 247). Les cloches qu'il fait sonner l'ont rendu sourd, mais il les aime comme ses seules amies.

Quant au seul être humain que Quasimodo aime, c'est Claude Frollo, son père adoptif. De fait, le sonneur de cloches a été abandonné nourrisson, à cause de sa difformité. Tandis que de vieilles femmes préconisaient de le tuer, le jeune prêtre décida de s'en occuper – le nourrir, lui offrir un refuge, l'éduquer, lui confier un travail, etc. En conséquence, Quasimodo lui est depuis dévoué corps et âme, quitte à le seconder dans la tentative d'enlèvement de la jeune Esmeralda.

Pourtant, touché par la bonté de cette dernière, Quasimodo développe à l'égard d'Esmeralda de la gratitude, du respect et une profonde tendresse. La tentative de viol dont elle est victime pousse Quasimodo à menacer explicitement son maitre, mais il se ravise et à se soumet à nouveau. Puis, comprenant que c'est encore Frollo qui a arraché Esmeralda à son nouvel abri, Notre-Dame, il fait face à un terrible dilemme : « Il songeait que l'archidiacre avait fait cela, et la colère de sang et de mort qu'il en eût ressentie contre tout autre, du moment où il s'agissait de Claude Frollo, se tournait chez le pauvre sourd en accroissement de douleur. » (Gallimard, p. 620)

C'est finalement en voyant son maitre rire devant la pendaison d'Esmeralda que Quasimodo, fou de fureur, se décide à le pousser dans le vide. La disparition des deux seules figures qui lui ont montré un tant soit peu de respect l'amène à pousser une plainte déchirante :

> « Quasimodo alors releva son œil sur l'égyptienne dont il voyait le corps, suspendu au gibet, frémir au loin sous sa robe blanche des derniers tressaillements de l'agonie, puis il le rabaissa sur l'archidiacre étendu au bas de la tour et n'ayant plus forme humaine, et il dit avec un sanglot, qui souleva sa profonde poitrine : – Oh ! tout ce que j'ai aimé ! » (*ibid.*, p. 627)

Grâce à Esmeralda, Quasimodo découvre la passion pour une femme, mais au regard des charmes de la bohémienne, sa propre laideur ne lui parait que plus douloureuse – et ce d'autant plus que, la beauté appelant la beauté, Esmeralda aime Phœbus. L'amour de Quasimodo pour Esmeralda est né d'un sentiment de gratitude envers celle qui, malgré la tentative d'enlèvement auquel il avait participé la veille, fut la seule à faire acte de charité et à lui donner à boire lors de son châtiment public. En retour, celui-ci l'a sauvée de sa première condamnation en l'amenant dans Notre Dame et en faisant valoir son droit d'asile.

Esmeralda reste apeurée par l'apparence de Quasimodo. Ce dernier en est bien conscient et fait en sorte de ne pas se montrer intrusif. Mieux, en véritable ami, et comprenant qu'il n'a aucune chance, il va même jusqu'à essayer d'amener Phœbus à elle. Plus que Frollo ou Phœbus, il est donc celui qui aime le plus véritablement et le plus respectueusement Esmeralda. Son ultime sacrifice, lorsqu'il vient mourir auprès du cadavre de la bohémienne, vient témoigner de cet amour hors-norme.

ESMERALDA

Esmeralda est une bohémienne qui danse dans les rues de Paris. Elle est accompagnée d'une chèvre savante nommée Djali. Brune, décrite comme étant une « pure et éblouissante figure » (*ibid.*, p. 141), elle ne semble avoir que des qualités : elle est aimable, douce, fière, mais aussi quelque peu naïve. C'est surtout une adolescente qui suscite bien des réactions autour d'elle, sans même chercher à les provoquer.

Dans l'esthétique romantique, on distingue habituellement deux types de beauté féminine : la figure de l'ingénue, naïve et pure, qui élève l'homme et le rend meilleur ; la figure de la femme fatale, associée à la luxure et à l'enfer, qui cause la déchéance de l'homme. Esmeralda incarne à elle seule ces deux figures opposées :

- d'une part, Esmeralda n'a que 16 ans et est vierge. C'est une fille innocente qui ignore tout des hommes et pense connaitre le grand amour avec Phœbus ;
- d'autre part, du point de vue de Frollo, elle représente la femme fatale, une tentation, un objet de Satan qui fera de lui, prêtre, une âme damnée, condamnée à l'enfer.

L'amour qu'elle inspire à Quasimodo, quant à lui, est pur et dévoué. La bohémienne incarne à ses yeux un idéal inaccessible.

Par ailleurs, Esmeralda a cette faculté de mettre à nu la nature profonde des trois hommes. Elle agit comme un catalyseur des passions :

- Frollo révèle tout son vice ;
- Phœbus démontre qu'il n'est qu'apparences, incapable de sentiments profonds ;
- Quasimodo révèle qu'il n'est pas un monstre, mais un être capable de l'amour le plus tendre.

Esmeralda a grandi au sein d'une communauté de gitans (qui l'avaient volée à sa mère naturelle), en s'interrogeant toujours sur l'identité de sa vraie mère. D'ailleurs, outre la recherche d'une vie amoureuse stable avec Phœbus, Esmeralda a comme but principal la recherche de sa famille biologique, dont elle a été séparée vers l'âge de 6 mois.

Elle porte autour du cou une amulette faite de verroterie verte contenant un petit chausson d'enfant et le message suivant : « Quand le pareil retrouveras,/ Ta mère te tendra les bras. » (*ibid.*, p. 599) Mais cette promesse de retrouver sa mère n'est pas sans condition, puisqu'il lui a été dit que si elle perdait sa vertu, l'amulette en ferait autant. Ce n'est que quelques heures avant de finir pendue qu'Esmeralda se rend compte que la sachette, cette vieille femme si inquiétante, a en sa possession l'autre soulier, et est donc sa mère.

CLAUDE FROLLO

Claude Frollo, archidiacre de Notre-Dame, est destiné à une carrière de prêtre dès son plus jeune âge. Il s'est voué corps et âme à la science en étouffant au plus profond de lui ses passions. À l'âge adulte, on disait de lui qu'il « était un prêtre austère, grave, morose » (p. 256), un savant à la mine triste. Pour autant, il n'est pas le méchant fourbe et cruel qu'en a fait la tradition. À la mort de ses parents, il veille seul sur son petit frère, Jehan, et plus tard, pris de pitié, il adopte Quasimodo, dont personne ne veut.

Aussi le vice et la méchanceté du personnage ne s'expriment-ils que lorsqu'il rencontre Esmeralda. Il en tombe amoureux, mais « l'amour, cette source de toute vertu chez l'homme, tourn[e] en choses horribles dans un cœur de prêtre » (p. 502). Sa méchanceté ne va pas de soi ; elle est de « l'amour vicié » (*ibid.*). Esmeralda, qu'il perçoit comme un objet de luxure, réveille chez lui le sentiment d'amour qu'il avait si longtemps étouffé. Et dès lors, asphyxié par ses désirs, Frollo se révèle hideux et plein de vices.

En soi, Frollo est donc un parfait personnage

romantique, qui s'est construit par la raison et qui connait sa perte à cause de la passion.

PHŒBUS DE CHÂTEAUPERS

Phœbus est capitaine dans l'armée du roi. En grec, son nom signifie « soleil », ce qui suggère déjà qu'il est particulièrement beau. Esmeralda tombe d'ailleurs follement amoureuse de lui.

Pourtant, Phœbus est loin d'être un personnage sympathique. C'est un coureur de jupons, un homme à femmes. Fiancé à Fleur-de-Lys, il ne voit en Esmeralda (dont il ne parvient d'ailleurs jamais à retenir le nom) qu'une possible aventure galante. Après avoir été poignardé par Frollo, il délaisse la bohémienne et retourne tranquillement chez Fleur-de-Lys, sans le moindre état d'âme.

LES PERSONNAGES SECONDAIRES

Gringoire

Le poète Gringoire est l'un des rares personnages de l'œuvre à ne pas être sensible au charme d'Esmeralda, mais, ironie du sort, il devient son mari, afin d'éviter d'être tué par les gitans. Du reste, Gringoire aurait davantage tendance à s'inquiéter pour la chèvre Djali que pour sa femme... Maladroit, quelque peu imbu de sa personne, Gringoire est un poète, un philosophe, qui aspire à une vie plutôt calme. Il est le personnage comique de l'œuvre.

La sachette

La sachette, autrement connue comme « La recluse de la Tour-Roland », est une femme qui a été privée de sa fille chérie ; elle en est devenue non seulement folle de douleur, mais a également développé une haine tenace envers les représentants de la communauté gitane, qui lui ont pris son enfant. C'est un personnage glaçant, peut-être plus inquiétant encore que Frollo : « La jeune fille se retourna effrayée. Ce n'était plus la voix de l'homme chauve ; c'était une voix de femme, une voix dévote et méchante. » (Gallimard, p. 106)

Fleur-de-Lys

Fleur-de-Lys est l'exact opposé d'Esmeralda. Aussi blonde qu'Esmeralda est brune, aristocratique quand Esmeralda vit dans la rue et, surtout, choyée par une figure maternelle on ne peut plus présente, elle est fiancée à son cousin, Phœbus. Elle ne peut que constater amèrement l'attirance de celui-ci pour la bohémienne : « Et elle entendait une voix plus amère encore lui dire au fond du cœur : C'est une rivale ! » (*ibid.*, p. 325)

Jehan

Jehan Frollo est le jeune frère de Claude Frollo. Élevé par celui-ci à la mort de leurs parents, il ne lui ressemble en rien, ni physiquement – puisqu'il est dépeint comme un « petit diable blond, à la jolie et maligne figure » (*ibid.*, p. 45) – ni mentalement.

Le jeune homme insouciant, bien plus préoccupé par la contenance de sa bourse plutôt que par ses études, s'adresse surtout à son frère afin que celui-ci l'aide financièrement. Tout comme le personnage de la sachette fait penser à Fantine (*Les Misérables*) dans le rôle de la mère prête à tout pour son enfant, l'insouciance et l'espiègle-rie de Jehan le rapproche d'un certain Gavroche.

CLÉS DE LECTURE

LE MYTHE DE *NOTRE-DAME DE PARIS*

L'histoire de la littérature est parsemée de mythes. Un mythe est, à la fois :

- une histoire inventée, mais qui est tenue pour vraie ;
- un récit des origines ;
- un récit qui représente des problèmes concrets sous forme de symboles (par exemple le mythe d'Adam et Ève).

À cet égard, *Notre-Dame de Paris* peut être considéré comme un mythe :

- d'une part, Hugo présente une histoire inventée comme s'étant effectivement produite à Notre-Dame, en 1482 (« Il y a aujourd'hui trois cent quarante-huit ans six mois et dix-neuf jours que les Parisiens s'éveillèrent au bruit de toutes les cloches [...] », p. 61) ;
- d'autre part, à travers la figure de Quasimodo, *Notre-Dame de Paris* peut être lu comme le ré-

cit allégorique des origines du peuple, encore mal formé, mais déjà plein de vigueur ;
* enfin, le récit symbolise, à travers les personnages de Phœbus, Frollo et Quasimodo, toutes les tensions et les mutations sociales à l'œuvre au XVe siècle.

Ce mécanisme de mythification est donc présent dans le roman, comme dans bon nombre d'œuvres de Victor Hugo (*La Légende des siècles* [1859], *Les Misérables*, etc.).

UN ROMAN EMBLÉMATIQUE DU ROMANTISME

Le romantisme est un mouvement littéraire, pictural et musical du XIXe siècle, dont Victor Hugo est une véritable figure de proue. Avec le romantisme, l'être humain et ses passions sont replacés au cœur des préoccupations.

Dans le sillage de François René de Chateaubriand (écrivain et homme politique français, 1768-1848), de nombreux auteurs se reconnaissent alors dans le fameux « mal du siècle » – cette expérience de la douleur, de l'ennui, de l'inquiétude et de la désespérance, indissociable de la condition humaine – tel qu'il est vécu après l'essoufflement de la Révolution française (1789-1799).

La prééminence du sentiment sur la raison

Notre-Dame-de Paris s'inscrit dans ce contexte de réaffirmation de la prééminence de l'imagination et de la sensibilité sur la raison classique, de promotion du lyrisme personnel et de l'exaltation du moi. D'ailleurs, à travers le personnage de Claude Frollo, Victor Hugo livre en quelque sorte une violente critique du rationalisme. En effet, ce personnage solitaire, qui s'est réfugié dans la science et la religion, a nié toute sa vie durant ses sentiments et parvient désormais à un tel degré de frustration, qu'il finit par adopter une attitude dangereuse et schizophrène : « – Oui, à dater de ce jour, il y eut en moi un homme que je ne connaissais pas. » (Gallimard, p. 420)

Dans le roman, la grande majorité des personnages subit des sentiments plus forts qu'elle, des sentiments exaltés et souvent destructeurs : Esmeralda ressent de l'amour pour Phœbus et de la haine pour Frollo ; Frollo, quant à lui, nourrit une passion obsessionnelle pour Esmeralda ;

Quasimodo est plutôt du côté de la dévotion, tant pour Frollo que pour Esmeralda, etc. Qui plus est, au terme du roman, la mort des deux figures du peuple que sont Quasimodo et Esmeralda, ainsi que l'image forte de leurs squelettes entrelacés évoque la puissance transcendante de l'amour qui survit à la mort : « Quand on voulut le détacher du squelette qu'il embrassait, il tomba en poussière. » (*ibid.*, p. 632)

De plus, au-delà des frontières de la diégèse – l'univers de l'œuvre –, ce sont aussi les sentiments du lecteur qui, à travers le recours aux registres pathétique et élégiaque – qui expriment la plainte, la douleur, la mélancolie –, sont sollicités. Par exemple, celui-ci est fortement appelé à ressentir de la pitié pour Quasimodo, ou encore pour Esmeralda et sa mère, lors de leurs brèves retrouvailles :

> « La jeune fille lui passa son bras à travers la lucarne, la recluse se jeta sur cette main, y attacha ses lèvres, et y demeura, abîmée dans ce baiser, ne donnant plus d'autre signe de vie qu'un sanglot qui soulevait ses hanches de temps en temps. Cependant elle pleurait à torrents, en silence, dans l'ombre, comme une pluie dans la

nuit. La pauvre mère vidait par flots sur cette main adorée le noir et le profond puits de larmes qui était au-dedans d'elle, et où toute sa douleur avait filtré goutte-à-goutte depuis quinze années. » (*ibid.*, p. 600)

Le sublime

Dans un premier temps, le sublime caractérise le classicisme : on aspire à une élévation spirituelle grâce à un style grave et à des sujets élevés. Mais cette élévation passe par la domination des sentiments et des passions humaines. Puis, sous l'influence romantique, les passions sont privilégiées par rapport à la morale et à la raison ; le sublime change de définition. Les romantiques l'associent aussi au « grotesque », au vulgaire.

Jusqu'à présent, la tragédie (où se manifestait le sublime) était un genre diamétralement opposé à celui de la comédie (où se manifestait le vulgaire). Dorénavant, les frontières s'estompent, comme le revendique Hugo dans sa préface de *Cromwell* (1827), qui peut être considéré comme un manifeste romantique : « Le réel résulte de la combinaison toute naturelle de deux types, le sublime et le grotesque qui se croisent dans le drame, comme ils se croisent dans la vie et dans la création. Car la poésie vraie, la poésie complète est dans l'harmonie des contraires. »

Notre-Dame de Paris illustre parfaitement cette esthétique. Prenons par exemple le personnage de Quasimodo, dont l'apparence est on ne peut plus grotesque, mais ne fait finalement que surligner les valeurs morales du personnage, son sens du sacrifice. La bohémienne Esmeralda est quant à elle sublimée par sa conception idéale de l'amour ainsi que par son innocence.

La mise en scène du peuple

Par ailleurs, le fait que les deux héros soient en réalité des figures du peuple n'est pas anodin. Ils représentent la diversité de Paris ; Paris qui est en fait la véritable héroïne de l'œuvre. La sensibilité d'Hugo l'activiste, le futur écrivain des *Misérables*, le porte naturellement vers ces figures souvent méprisées, mais riches et complexes.

En revanche, les figures de l'aristocratie (Fleur-de-Lys et Phœbus) manquent d'humanité et, sur elles, l'auteur ne prend pas la peine de s'épancher : « Phœbus de Châteaupers aussi fit une fin tragique, il se maria. » (Gallimard, p. 629)

De fait, il y a chez bon nombre d'auteurs romantiques, conscients des profonds bouleversements qui, sous l'impulsion du peuple, se sont succédé depuis la fin de l'Ancien Régime, non seulement une exaltation du moi et des passions personnelles, mais également une recherche plus politique. L'apparition d'une conscience nationale est ici manifestée par la mise en scène d'un peuple dont on cherche à dépeindre l'histoire, notamment au cours d'une époque tant méprisée que fondamentale : le Moyen Âge.

Le gout pour l'ailleurs et l'exotisme

Autre caractéristique du romantisme, l'attrait pour les pays étrangers, les contrées lointaines et, en particulier, les paysages d'Orient. C'est d'ailleurs à cette tendance orientaliste qu'a déjà succombé profondément Victor Hugo avec son recueil *Les Orientales*, publié en 1829.

Ce mouvement aspirait à représenter un Orient fantasmé, poétique, à mi-chemin entre le réel et l'imaginaire. Dans *Notre-Dame de Paris*, cet attrait pour le lointain est encore incarné par le personnage d'Esmeralda, qui a grandi contre vents et marées dans une communauté venue d'Égypte.

On notera également que l'écriture d'Hugo se veut métissée, reprenant parfois des phrases entières en espagnol (« *Un cofre de gran riqueza Hallaron detro un pilar, Dentro del, nuevas banderas Con figuras de espantar* », *ibid.*, p. 108) ou en italien (« *La buona mancia, signor ! la buona mancia !* », *ibid.*, p. 124).

UNE DÉFENSE DE L'ARCHITECTURE GOTHIQUE

De nombreuses œuvres romantiques manifestent encore un vif intérêt pour la période médiévale gothique ; c'est le cas de ce roman, dont l'intrigue se concentre autour de ce monument qu'est la cathédrale gothique de Notre-Dame.

Au XIXe siècle, Paris est sujette à de nombreux chantiers de démolition qui modifient profondément son paysage architectural dans un non-respect de l'héritage médiéval. Hugo, en défenseur des grandes causes, s'insurge contre cet état de fait et, à travers *Notre-Dame de Paris*, désire ranimer l'intérêt et le respect pour le patrimoine historique de la capitale. On peut alors parler ici d'un pittoresque de l'architecture parisienne au sens où, dans le roman hugolien, celle-ci est digne d'être représentée, mise à l'honneur, de fournir un sujet au romancier.

« Depuis l'origine des choses jusqu'au XVe siècle [...], l'architecture est le grand livre de l'humanité », rappelle Victor Hugo (p. 281). Ainsi, lorsque les hommes voulaient écrire, ils bâtissaient des temples, des pyramides, des cathédrales et gravaient leurs paroles dans la pierre.

Mais, suite à l'invention de l'imprimerie, au XVe siècle, ils ont quelque peu délaissé la pierre pour écrire sur du papier, avec comme conséquence la mort lente de l'architecture : « L'imprimerie tuera l'architecture. » (*ibid.*) Car cette évolution est irréversible selon Hugo, d'où la nécessité de conserver les édifices gothiques : selon lui, à cause de l'imprimerie, l'architecture est morte et ne produira plus jamais de tels chefs-d'œuvre.

Dans *Notre-Dame de Paris*, si Hugo rend hommage à cet édifice particulier, c'est peut-être parce qu'il en apprécie le caractère hybride :

> « C'est un édifice de la transition. L'architecte saxon achevait de dresser les premiers piliers de la nef, lorsque l'ogive qui arrivait de la croisade est venue se poser en conquérante sur ces larges chapiteaux romans qui ne devaient porter que des pleins cintres. L'ogive, maîtresse dès lors, a construit le reste de l'église. » (Gallimard, p. 161)

Or ce coté hybride et métissé fait écho à l'écriture d'Hugo, qui n'hésite pas à mélanger les registres et à accorder à ses personnages principaux une certaine complexité (par exemple l'opposition entre l'apparence physique de Quasimodo et ses valeurs morales).

UNE PHILOSOPHIE DE L'HISTOIRE ET DU PROGRÈS

Penser l'histoire contemporaine au regard du passé

Victor Hugo conçoit l'histoire comme un flot qui possède sa propre logique, ses cycles, ses échos ; un flot au sein duquel l'humanité connait une progression qu'il est possible d'appréhender à travers la figure du peuple.

En d'autres termes, on trouve développée chez lui une véritable philosophie de l'histoire et une théorie du progrès, largement exposées dans le chapitre intitulé « Ceci tuera cela » : « C'était pressentiment que la pensée humaine en changeant de forme allait changer de mode d'expression, que l'idée capitale de chaque génération ne s'écrirait plus avec la même matière et de la même façon. » (*ibid.*, p. 238)

La seconde moitié du XVe siècle, choisie comme cadre par le romancier – rappelons que l'action de *Notre-Dame de Paris* se situe en 1482 –, est une période charnière dans l'histoire. La fin de la féodalité (régime politique et social d'Europe occidentale entre le Xe et le XIIIe siècle), les grandes découvertes (vaste mouvement d'exploration et de reconnaissance du monde mené par les Européens) ou encore la naissance de l'imprimerie marquent le passage du Moyen Âge à la Renaissance. En outre, la cathédrale Notre-Dame, subtil mélange de styles roman et gothique, symbolise également, du point de vue architectural, la transition entre deux époques, entre deux univers.

Au plan sociétal, cette transition inaugure, entre autres, la montée progressive de la bourgeoisie, sorte d'élite du peuple, tandis qu'au Moyen Âge, la société était encore constituée de trois ordres – ou états –, à savoir : la noblesse, le clergé et le tiers état (le peuple). Dans *Notre-Dame de Paris*, Phœbus de Châteaupers symbolise d'ailleurs la noblesse, et Frollo le clergé, tandis que Quasimodo incarne le peuple à l'état originel, l'humanité qui s'émancipe lentement, qui est encore monstrueuse, mais porte déjà en elle quelque chose de géant,encore appelé à grandir (« On eût dit un géant brisé et mal ressoudé », p. 119). Il symbolise le peuple au degré zéro.

S'il s'intéresse à cette période de grands bouleversements, Victor Hugo aspire peut-être moins à en restituer la vérité historique et objective, qu'à mettre en scène, à travers son intrigue, une réflexion politique sur le contexte contemporain.

De fait, en 1830, a lieu en France une autre grande période de troubles et d'agitation : la révolution de Juillet (les 27, 28 et 29 juillet) met fin au règne de Charles X (1757-1836) et inaugure la monarchie dite « de Juillet » (1830-1848). Une révolution qui, pour la génération romantique, a incarné, un bref instant, l'espoir d'une transition historique favorable, un peu à l'image de celle qu'avait connu le XVe siècle. Cet évènement devait donc occuper l'esprit d'Hugo lorsqu'il écrivit *Notre-Dame de Paris*.

LE STYLE HUGOLIEN

Le style de Victor Hugo, dans la continuité de celui de Châteaubriand, est un bel exemple du style romantique, même si Hugo a longtemps refusé cette appellation.

Le mélange des tons

Alors que les auteurs de la période classique (XVIIe et XVIIIe siècles) privilégiaient le cloisonnement des styles, ceux de la période romantique (XIXe siècle), en réaction, apprécient davantage le mélange de tons différents.

- **Le ton tragique.** *Notre-Dame de Paris* est d'abord, en quelque sorte, une tragédie de la fatalité des passions, puisqu'à partir du moment où Esmeralda surgit dans l'existence de Quasimodo et Frollo, et tombe amoureuse de Phœbus, une sorte d'engrenage se met en place, que plus rien ne peut arrêter. Cette mécanique est fatale, justement, parce qu'elle mène inéluctablement à la mort de ceux qui ont aimé. Dans le « carré » amoureux, Phœbus est le seul à s'en sortir, parce que ce coureur de jupons n'a pas été sujet aux passions. En outre, la fatalité est aussi le principe qui gouverne l'intrigue dans son ensemble ; elle emporte ses acteurs et les oblige à accomplir leur destin sans pouvoir se soustraire à la mort : Frollo chute du sommet de la cathédrale, Quasimodo finit en poussière, Esméralda meurt sur le gibet.

- **Le ton comique.** Le roman inclut aussi une dimension comique, burlesque. La drôlerie de Gringoire fait de lui un personnage de comédie ; il est en effet un personnage véritablement à part, en constant décalage avec la situation. Lorsque Frollo lui demande s'il est heureux, Gringoire a par exemple cette réponse presque surréaliste : « – En honneur, oui ! J'ai d'abord aimé des femmes, puis des bêtes. Maintenant j'aime des pierres. C'est tout aussi amusant que les bêtes et les femmes, et c'est moins perfide. » (Gallimard, p. 495) À cela s'ajoute la mise en scène de ses travers, dont celle de sa ridicule arrogance : « Et puis, j'ai le bonheur de passer toutes mes journées du matin au soir avec un homme de génie qui est moi, et c'est fort agréable. » (*ibid.*, p. 501)

- **Le ton mélodramatique.** Pour rappel, le mélodrame est un genre caractérisé par l'exagération des effets et l'outrance des sentiments ; il accumule des situations violentes et pathétiques. Dans *Notre-Dame de Paris*, avec la scène de torture, puis la mort d'Esmeralda, l'objectif de Victor Hugo est simple : faire trembler d'effroi le lecteur, l'émouvoir en redoublant d'effets et de procédés : « Le misérable corps auquel allait se cramponner cette effroyable fourmilière de scies, de roues et de chevalets, l'être qu'allaient manier ces âpres mains de bourreaux et de tenailles, c'était donc cette douce, blanche et fragile créature. » (*ibid.*, p. 403)

La démesure

S'il fallait se contenter d'un substantif pour définir le style hugolien, ce serait peut-être la grandiloquence. De fait, l'auteur affectionne notamment :

- les hyperboles (qui consistent à exagérer les termes utilisés). Des adjectifs comme « terrible » ou « grandiose » reviennent fréquemment (« Sans doute c'est encore aujourd'hui un majestueux et sublime édifice que l'église de Notre-Dame de Paris », *ibid.*, p. 155) ;
- les oxymores, ces figures qui permettent de réunir des termes opposés (« Tu as la plus belle laideur que j'ai jamais vue », p. 121) ;
- les sentences péremptoires (« Nos pères

avaient un Paris de pierre, nos fils auront un Paris de plâtre », p. 226).

Le style hugolien est ainsi un style passionné et plein d'emphase, d'exagération.

Les adresses au lecteur

Victor Hugo, c'est aussi la toute-puissance du narrateur. Celui-ci ne cesse de s'associer à son lecteur pour faire des commentaires : « Nous pouvons affirmer à nos lecteurs que la timidité n'était ni la vertu ni le défaut du capitaine. » (p. 361) Le narrateur se comporte envers son lecteur comme un maitre qui le tient par la main et le conduit littéralement dans les méandres de son intrigue et de sa pensée : « Nos lectrices nous pardonneront de nous arrêter pour chercher quelle pouvait être la pensée qui se dérobait sous ces paroles énigmatiques de l'archidiacre : Ceci tuera cela. Le livre tuera l'édifice. » (Gallimard, p. 237)

Si Victor Hugo a choisi le Moyen Âge comme cadre de son récit, sa fidèle peinture des passions humaines, dans leur beauté comme dans leur laideur, a fait de *Notre-Dame de Paris* un récit intemporel, à l'image de l'édifice emblématique de Paris qu'il a placé au cœur de son roman.

PISTES DE RÉFLEXION

QUELQUES QUESTIONS POUR APPROFONDIR SA RÉFLEXION...

- Esmeralda incarne simultanément les deux types de beauté qui ont inspiré les romantiques. Quelles sont-elles ?
- Quel est selon vous, le seul personnage que Victor Hugo traite d'une façon un peu manichéenne ? Pourquoi ?
- En quoi peut-on affirmer que l'œuvre est un roman historique ?
- Expliquez la nature du lien que Victor Hugo établit entre l'architecture et l'imprimerie.
- *Notre-Dame de Paris* met en scène la transition entre deux époques. Expliquez.
- En quoi consiste le mélange des genres dans *Notre-Dame de Paris* ? Est-ce typique de Victor Hugo ?
- Comment qualifieriez-vous l'attitude du narrateur ? Connaissez-vous d'autres œuvres ayant ce type de narrateur ?
- Victor Hugo est un écrivain engagé. Cet enga-

gement vous semble-t-il transparaitre dans le roman ?

- Selon vous, qu'est-ce qui a fait l'immense succès de cette œuvre qui a suscité des adaptations en tout genre ?
- En quoi ce roman annonce-t-il *Les Misérables* ? Comparez les personnages, les thématiques, etc.

Votre avis nous intéresse !
Laissez un commentaire sur le site de votre
librairie en ligne
et partagez vos coups de cœur sur les réseaux
sociaux !

POUR ALLER PLUS LOIN

ÉDITIONS DE RÉFÉRENCE

- Hugo V., *Notre-Dame de Paris*, Paris, Le Livre de Poche, coll. « Les Classiques de Poche », 1988.
- Hugo V., *Notre-Dame de Paris*, Paris, Gallimard, coll. « Folio classique », 2006.

ADAPTATIONS

Notre-Dame de Paris a donné lieu à un grand nombre d'adaptations. Nous nous limiterons ici à trois d'entre elles.

- *Notre-Dame de Paris*, film de Jean Delannoy, avec Anthony Quinn et Gina Lollobrigida, France/Italie, 1956. Cette adaptation respecte l'intrigue originale ; les dialogues sont du poète Jacques Prévert (1900-1977).
- *Le Bossu de Notre-Dame*, film d'animation de Gary Trousdale, États-Unis, 1996. Adaptation très libre des studios Disney.
- *Notre-Dame de Paris*, comédie musicale, textes de Luc Plamondon, musique de Richard

Cocciante, avec Hélène Ségara, Garou, Patrick Fiori, France, 1997. La comédie réactualise le message social délivré par Victor Hugo au XXe siècle : par exemple, les truands de la Cour des Miracles sont désormais des étrangers sans papiers qui réclament le droit d'asile.

SUR LEPETITLITTÉRAIRE.FR

- Commentaire de la préface de *Cromwell* de Victor Hugo.
- Commentaire de la scène II de l'acte I d'*Hernani* de Victor Hugo.
- Commentaire de la préface (1832) du *Dernier Jour d'un condamné* de Victor Hugo.
- Commentaire du chapitre VI du livre I de *Notre-Dame de Paris*.
- Fiche de lecture sur *Claude Gueux* de Victor Hugo
- Fiche de lecture sur *Hernani*.
- Fiche de lecture sur *Le Dernier Jour d'un condamné*.
- Fiche de lecture sur *Les Contemplations* de Victor Hugo.
- Fiche de lecture sur *Les Misérables* de Victor Hugo.
- Fiche de lecture sur *L'Homme qui rit* de Victor

Hugo.

- Fiche de lecture sur *Quatrevingt-Treize* de Victor Hugo.
- Fiche de lecture sur *Ruy Blas* de Victor Hugo.
- Questionnaire de lecture sur *Claude Gueux*.
- Questionnaire de lecture sur *Le Dernier Jour d'un condamné*.
- Questionnaire de lecture sur *Quatrevingt-Treize*.

Retrouvez notre offre complète sur lePetitLittéraire.fr

- des fiches de lectures
- des commentaires littéraires
- des questionnaires de lecture
- des résumés

ANOUILH
- Antigone

AUSTEN
- Orgueil et Préjugés

BALZAC
- Eugénie Grandet
- Le Père Goriot
- Illusions perdues

BARJAVEL
- La Nuit des temps

BEAUMARCHAIS
- Le Mariage de Figaro

BECKETT
- En attendant Godot

BRETON
- Nadja

CAMUS
- La Peste
- Les Justes
- L'Étranger

CARRÈRE
- Limonov

CÉLINE
- Voyage au bout de la nuit

CERVANTÈS
- Don Quichotte de la Manche

CHATEAUBRIAND
- Mémoires d'outre-tombe

CHODERLOS DE LACLOS
- Les Liaisons dangereuses

CHRÉTIEN DE TROYES
- Yvain ou le Chevalier au lion

CHRISTIE
- Dix Petits Nègres

CLAUDEL
- La Petite Fille de Monsieur Linh
- Le Rapport de Brodeck

COELHO
- L'Alchimiste

CONAN DOYLE
- Le Chien des Baskerville

DAI SIJIE
- Balzac et la Petite Tailleuse chinoise

DE GAULLE
- Mémoires de guerre III. Le Salut. 1944-1946

DE VIGAN
- No et moi

DICKER
- La Vérité sur l'affaire Harry Quebert

DIDEROT
- Supplément au Voyage de Bougainville

DUMAS
- Les Trois
  Mousquetaires

ÉNARD
- Parlez-leur
  de batailles,
  de rois et
  d'éléphants

FERRARI
- Le Sermon sur la
  chute de Rome

FLAUBERT
- Madame Bovary

FRANK
- Journal
  d'Anne Frank

FRED VARGAS
- Pars vite et
  reviens tard

GARY
- La Vie devant soi

GAUDÉ
- La Mort du
  roi Tsongor
- Le Soleil des
  Scorta

GAUTIER
- La Morte
  amoureuse
- Le Capitaine
  Fracasse

GAVALDA
- 35 kilos d'espoir

GIDE
- Les
  Faux-Monnayeurs

GIONO
- Le Grand
  Troupeau
- Le Hussard
  sur le toit

GIRAUDOUX
- La guerre de
  Troie
  n'aura pas lieu

GOLDING
- Sa Majesté des
  Mouches

GRIMBERT
- Un secret

HEMINGWAY
- Le Vieil Homme
  et la Mer

HESSEL
- Indignez-vous !

HOMÈRE
- L'Odyssée

HUGO
- Le Dernier Jour
  d'un condamné
- Les Misérables
- Notre-Dame
  de Paris

HUXLEY
- Le Meilleur
  des mondes

IONESCO
- Rhinocéros
- La Cantatrice
  chauve

JARY
- Ubu roi

JENNI
- L'Art français
  de la guerre

JOFFO
- Un sac de billes

KAFKA
- La Métamorphose

KEROUAC
- Sur la route

KESSEL
- Le Lion

LARSSON
- Millenium I. Les
  hommes qui
  n'aimaient pas
  les femmes

LE CLÉZIO
- Mondo

LEVI
- Si c'est un
  homme

LEVY
- Et si c'était vrai…

MAALOUF
- Léon l'Africain

Malraux
• La Condition
  humaine

Marivaux
• La Double
  Inconstance
• Le Jeu de l'amour
  et du hasard

Martinez
• Du domaine
  des murmures

Maupassant
• Boule de suif
• Le Horla
• Une vie

Mauriac
• Le Nœud
  de vipères

Mauriac
• Le Sagouin

Mérimée
• Tamango
• Colomba

Merle
• La mort est
  mon métier

Molière
• Le Misanthrope
• L'Avare
• Le Bourgeois
  gentilhomme

Montaigne
• Essais

Morpurgo
• Le Roi Arthur

Musset
• Lorenzaccio

Musso
• Que serais-je
  sans toi ?

Nothomb
• Stupeur et
  Tremblements

Orwell
• La Ferme
  des animaux
• 1984

Pagnol
• La Gloire de
  mon père

Pancol
• Les Yeux jaunes
  des crocodiles

Pascal
• Pensées

Pennac
• Au bonheur
  des ogres

Poe
• La Chute de la
  maison Usher

Proust
• Du côté de
  chez Swann

Queneau
• Zazie dans
  le métro

Quignard
• Tous les matins
  du monde

Rabelais
• Gargantua

Racine
• Andromaque
• Britannicus
• Phèdre

Rousseau
• Confessions

Rostand
• Cyrano de
  Bergerac

Rowling
• Harry Potter à
  l'école des sor-
  ciers

Saint-Exupéry
• Le Petit Prince
• Vol de nuit

Sartre
• Huis clos
• La Nausée
• Les Mouches

Schlink
• Le Liseur

SCHMITT
- La Part de l'autre
- Oscar et la
  Dame rose

SEPULVEDA
- Le Vieux qui
  lisait des romans
  d'amour

SHAKESPEARE
- Roméo et Juliette

SIMENON
- Le Chien jaune

STEEMAN
- L'Assassin
  habite au 21

STEINBECK
- Des souris et
  des hommes

STENDHAL
- Le Rouge et
  le Noir

STEVENSON
- L'Île au trésor

SÜSKIND
- Le Parfum

TOLSTOÏ
- Anna Karénine

TOURNIER
- Vendredi ou
  la Vie sauvage

TOUSSAINT
- Fuir

UHLMAN
- L'Ami retrouvé

VERNE
- Le Tour
  du monde
  en 80 jours
- Vingt mille
  lieues sous
  les mers
- Voyage au
  centre de
  la terre

VIAN
- L'Écume des jours

VOLTAIRE
- Candide

WELLS
- La Guerre des
  mondes

YOURCENAR
- Mémoires
  d'Hadrien

ZOLA
- Au bonheur
  des dames
- L'Assommoir
- Germinal

ZWEIG
- Le Joueur
  d'échecs

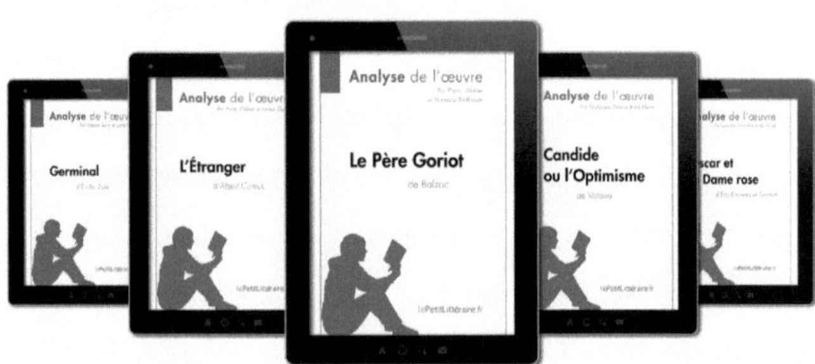

www.lepetitlitteraire.fr

ISBN version numérique : 978-2-8062-9307-7
ISBN version papier : 978-2-8062-9308-4
Dépôt légal : D/2017/12603/17

Avec la collaboration de Célia Ramain pour le résumé des livres III et V, l'étude des personnages de Gringoire, la sachette, Fleur-de-Lys et Jehan, ainsi que pour le chapitre « Un roman emblématique du romantisme ».

Conception numérique : Primento,
le partenaire numérique des éditeurs.

Ce titre a été réalisé avec le soutien de la Fédération Wallonie-Bruxelles, Service général des Lettres et du Livre.